AF400179

Les enquêtes

du commissaire RECHERCHE

Tome 2

Rien ne va plus ici.

FSC
www.fsc.org
MIXTE
Papier issu
de sources
responsables
Paper from
responsible sources
FSC® C105338

Béatrice MONGE/

Jean-Claude TRANIER

Les enquêtes

du commissaire RECHERCHE

Tome 2

Rien ne va plus ici

Nouvelle policière

On ne se remet jamais de la disparition des êtres chers, on vit juste sans eux en espérant combler les vides.

Atomka de Franck Thilliez

Nous sommes en 2023.

Nous voici dans la ville d'Ici, dans le pays de la Grande. Certains la surnomment la cité maudite. Beaucoup de citoyens l'ont fuie, car disent-ils à qui veut bien les écouter, elle porte malheur. Son maire, Jarrive, conscient de cette réputation exécrable, multiplie les constructions et les rénovations pour attirer de nouveaux habitants. Il leur interdit d'ailleurs d'évoquer les drames des années passées sous peine d'une amende de cinquante euros.

Au-delà des collines asséchées par le soleil, la prison de l'oubli, inaugurée après les meurtres de la rue du coupe-gorge, est un lieu sinistre où l'on entend jusqu'ici les plaintes des détenus. Chaque jour, de nombreux inculpés y sont incarcérés, et faute de pouvoir pousser les murs, ils poussent les autres prisonniers. Les rats qui se sont invités dans les cellules tentent de partager avec les détenus leur maigre pitance. Depuis l'assassinat de Médoc, la justice a mis en examen et incarcéré l'ancien maire Civil et le boucher Saigneur, ceci dans l'attente de leur procès. L'avocat de Civil a bien essayé d'obtenir, en appel, une suspension de sa détention provisoire, mais comme il était devenu l'homme à abattre, celui qu'on jette en pâture pour montrer l'exemple, le juge des libertés et de la détention a maintenu son incarcération.

Les premières lueurs de l'aurore éclairent les toits. Les réveils grincent, les yeux grimacent. C'est l'heure de se lever pour les rares travailleurs encore motivés par un job souvent ingrat et mal rémunéré. Quelques fermiers, paysans de père en fils, survivent grâce à la location de la moitié de leur logement. De riches propriétaires étrangers ont racheté tout leur troupeau de vaches, qui leur fournissait autrefois de confortables revenus avec la vente du lait. Les bovidés sont tous partis dans des camions bétaillères, mais aucun éleveur n'a de regrets. Depuis que l'abattoir Tuetropvite a fermé ses portes après le dépôt de plainte de l'association dont le président était Médoc, le directeur a démissionné et à sa suite, personne ne s'est encore présenté.

Le maire Jarrive aime commencer sa journée aux aurores, mais souvent, il rend tout d'abord une petite visite à son ami le commissaire Recherche. Ils prennent du plaisir à rêver ensemble devant un café bien chaud. À eux deux, ils représentent toute l'autorité de la ville, et les dossiers qui s'accumulent sur leurs bureaux les occupent l'un et l'autre toute l'année.

De nombreux viols les inquiètent, surtout celui de Désirée, une jeune fille de vingt ans qui a porté plainte la semaine passée. Le commissaire a reçu sa déposition. Ce témoignage l'ennuie beaucoup, car Désirée a affirmé que c'est advenu lors d'une soirée entre amis et qu'elle connaît son agresseur. Ce jour-là, dans son bureau, elle lui a tout raconté en pleurant.

— C'est l'employé du garage où je fais réparer ma voiture. Je lui ai fait confiance quand il m'a proposé de m'emmener en discothèque.

— Que s'est-il passé exactement ?

— Dans la boîte, on était avec des potes. Vers trois heures du matin, je lui ai demandé s'il voulait bien rentrer, car j'étais fatiguée. On avait tous bu de la vodka, surtout Répare. Il ne semblait pas saoul. On a l'habitude de consommer des alcools forts quand on sort.

— Que savez-vous de ce Répare ?

— C'est mon garagiste, comme je viens de le dire ! C'est le fils du médecin légiste Légal.

— Que s'est-il passé par la suite ?

— C'est très dur, commissaire. Il a arrêté sa voiture sur le trajet du retour. On était en pleine forêt. Il s'est mis à rire et à critiquer ma conduite dans la boîte. Pour lui, j'étais une petite allumeuse. C'était terminé de jouer avec lui. Il m'a prévenue que je ne devais pas lui résister, sinon il me jetterait dehors. J'ai voulu me défendre, le faire revenir à la raison, mais il était déjà sur moi.

— Avez-vous eu la sensation que vous l'excitiez ?

— Non, pas du tout commissaire. Je me suis comportée normalement et de la même manière avec les filles qu'avec les garçons. J'étais heureuse de sortir, souriante et joviale. J'avais envie de danser, j'adore ça. C'est une faute d'aimer ça ?

— Étiez-vous un peu consentante ?

— Non pas du tout. J'ai eu très peur. Il ne se maîtrisait pas. Si je m'étais trop débattue, il aurait pu s'énerver et me tuer. Il n'était plus lui-même.

— Vous êtes saine et sauve, Dieu soit loué. Donc c'est le fils à M. Légal ?

— Oui, j'en suis certaine.

Eh bien, me voilà encore dans de beaux draps. Ce n'est qu'à moi que ça arrive des histoires pareilles ! Comment vais-je expliquer à ce vieux Légal que son rejeton est un violeur ? Bon, je vais en parler à Jarrive, nous trouverons bien une solution pour régler ce problème sans faire trop de vagues.

Le maire, lui aussi informé des nombreuses agressions sexuelles commises dans sa ville, a fait positionner des lampadaires et des caméras dans toutes les ruelles sombres. Mais comme la situation s'est dégradée, il songe maintenant à installer des systèmes innovants avec des capteurs spéciaux pour la vision de nuit. Et si cela ne suffit pas, il demandera à son conseil municipal de voter l'achat de drones équipés de caméras embarquées avec transmission de vidéos en temps réel.

Dans l'attente que la sécurité de la cité soit renforcée, le soir, après leur travail, les jeunes filles continuent de frôler les murs, inquiètes lorsqu'elles croisent des inconnus qui viennent vivre ici, car les loyers sont moins élevés que là-bas. Dans le nouveau camping inauguré par le maire Jarrive, les plus précaires d'entre eux peuvent même y séjourner presque toute l'année.

Les commerçants sont eux aussi anxieux. Les vols à l'étalage se multiplient et la délinquance s'accroît, surtout depuis que diverses communautés ont installé leurs caravanes sur le terrain vague près du parc de la balade.

Malgré ce manque de sécurité, la vie pourrait être agréable dans certains quartiers. Mais un autre problème a surgi depuis peu.

Le niveau de l'eau du ruisseau Claireau, qui divise la ville en deux, diminue tant l'été que le lit est à sec. L'eau y devient rare. La sécheresse, qui augmente année après année, préoccupe surtout les agriculteurs et les éleveurs. Heureusement, les premières gouttes tombent dès septembre et le cours d'eau se remplit de nouveau. Mais de suite, ils redoutent un autre phénomène ; ce sont les forts épisodes pluvieux qui terrassent souvent la région.

C'est d'autant plus ennuyeux pour les élus d'Ici et de la Grande que le camping municipal établi sur la rive droite du ruisseau est à chaque fois inondé, ce qui fait enrager le gérant de la brasserie, Oscar Ventrevide.

Le maire, assis devant son bureau chargé de dossiers, laisse vagabonder ses pensées. Le changement climatique ruine son moral. Les preuves d'une catastrophe imminente s'accumulent sans cesse. La fontaine, qu'il a fait réparer et nettoyer, fonctionne, mais la source a dû se tarir, car aucun liquide ne monte plus jusqu'au robinet. Conscient des enjeux liés à la présence en eau potable dans sa commune, il a fait appel à un professionnel. L'objectif était de sonder la profondeur du puits, de détecter si une nappe s'y trouvait encore, de rechercher la faille et de vérifier si le conduit n'était pas endommagé.

Des portes qui claquent le sortent de sa rêverie. On frappe.

— Monsieur le maire, nous avons rencontré un sourcier fantastique. Il a déniché une étendue d'eau souterraine. Nous allons pouvoir creuser.

— Merci Lajoie, tenez-moi au courant !

Si c'est la journée des bonnes nouvelles, Correct, le nouveau directeur de l'abattoir Tuetropvite, pourra peut-être m'annoncer sa réouverture. Pour l'économie locale, c'est primordial, d'autant plus que Nonos, le boucher -charcutier l'attend impatiemment. Je vais aller rendre une petite visite à Recherche pour lui signaler tout ça.

Le commissaire Recherche n'est pas du tout dans le même état d'esprit que son ami le maire. Très anxieux, malgré son imposante corpulence et sa haute taille, il a souvent la poitrine oppressée, surtout quand de nouveaux dossiers tombent sur son bureau, comme celui de Désirée et de Répare. Puis, les vols s'accumulent. La pharmacienne Officine, après celle la veille du boulanger Levain, en a fait les frais.

Heureusement, Aides et Secret, ses meilleurs collaborateurs sont d'excellents partenaires de travail. Une toute jeune inspectrice, Mlle Jauly est venue compléter l'équipe. Beau brin de fille aux cheveux couleur d'or, elle envoûte tous les hommes du coin. Mais sous son air candide, se cache une combattante au mental d'acier et aux muscles sculptés dans la pierre. D'ailleurs, elle est ceinture noire de judo et ne se laisse pas chatouiller.

Je ne vais pas tarder à rentrer, Marguerite m'attend pour le dîner et j'adore ses bons petits plats. Heureusement qu'elle est là, même si elle est jalouse, elle me soutient beaucoup et mon couple tient bien pour l'instant.

Ha ! J'entends la voix de Jarrive. À cette heure-là, c'est peu habituel. Que me veut ce vieux bougre ?

— Alors cette journée, demande le commissaire ?

— On a détecté de l'eau et on va pouvoir redonner vie à la fontaine. J'attends aussi des subventions pour réhabiliter la médiathèque et l'école primaire. Enfin, l'abattoir va bientôt ouvrir. Bon, je ne vais pas te parler longtemps de tous ces dossiers ennuyeux. Dis-moi plutôt comment se porte notre jolie Jauly.

— Depuis les effractions subies par les commerçants, elle a pris en filature un personnage qu'elle trouve suspect. Personne ne le connaît ici. Il ressemble à un cow-boy, a-t-elle précisé.

— Qu'elle fasse attention à elle !

— Tu es amoureux d'elle ?

— Comme tout le monde, et en plus je suis célibataire et j'ai à peu près son âge.

— Tu plaisantes, elle a vingt-cinq ans et toi, tu as vingt ans de plus.

— C'est ça, vieillis-moi !

— Elle doit passer ce soir, elle ne va pas tarder.

À ces mots, Jarrive pousse un soupir de contentement. Un jour, il veut cette fille dans son lit. C'est le maire tout de même. C'est le notable le plus important de la ville. Il est bel homme, mince, sportif et intelligent. Elle ne pourra pas lui résister.

— Je dois te parler d'un dossier fâcheux. Voilà, Répare, l'employé du garagiste a fait une bêtise.

— Répare ? Son nom me dit quelque chose. C'est le fils du médecin légiste ?

— Eh oui !

— Et alors, qu'est-ce qu'il a fait ?

— Chef, dit Jauly. Quelle journée ! De plus en plus de drogues circulent dans le quartier des revendeurs. En plus, maintenant, les jeunes, ils sniffent tout ce qu'ils trouvent. Ah ! Bonsoir monsieur le maire ! Je ne vous avais pas vu.

— Et l'avenue de la Renaissance ? Calme ce matin ?

— Oui Levain le boulanger, se remet mal du vol de sa caisse. Il a perdu tout son chiffre d'affaires de la semaine. Il attend une aide de la municipalité.

— Une aide ? Et puis quoi encore !

— On doit rajouter Officine, renchérit le commissaire.

— Je ferai tout pour vous être agréable. Enfin, je voulais dire que j'ai bien entendu le désir de Levain. Je suis très attaché à la santé financière de nos commerces et j'adore son pain aux noix.

— Moi aussi, réplique Jauly.

Déconcerté, le maire se tait. De folles images défilent dans sa tête : un dîner aux chandelles, deux coupes d'un champagne aux bulles enivrantes, et bien sûr, une bonne tarte aux pommes de chez Levain.

Secret, qui a terminé sa journée, frappe à la porte du bureau de son supérieur.

— Eval Jauly, quel plaisir ! Vous êtes là ce soir ? Chef, on m'a appelé pour une querelle qui a mal tourné. Le mari a envoyé sa femme à l'hôpital. Elle a eu besoin de plusieurs points de suture. On interpelle l'homme ? Il peut récidiver. On doit aussi s'occuper du quartier des dealers, car les Arabes ne s'entendent pas avec les Portugais et les Chinois avec les Espagnols. C'est le bazar là-bas. Les jeunes sont à l'abandon, alors ils font leur petit trafic. Le secteur est de plus en plus malfamé.

— Je n'ai pas assez d'effectifs pour surveiller tous ces jeunes, et pas non plus pour interpeller le gros connard qui frappe sa femme, répond Recherche.

— Je vais faire appel aux associations et faire recruter un éducateur de rue, complète Jarrive.

— Les temps ont changé. Maintenant, ils n'écoutent plus vos petits agneaux. Ce sont des militaires armés jusqu'aux dents dont on a besoin pour venir à bout de toute cette racaille qui hante la cité.

— Je ne vous ai jamais entendu parler comme ça, s'étonne l'inspecteur Secret.

— Je vais devenir violent à force moi aussi.

— Je vais pister les dealers et tenter de trouver leurs contacts. Puis-je compter sur une protection ? poursuit Jauly.

— Je te couvrirai, rétorque Jéun Secret tandis que le maire a les narines qui fument malgré lui.

— Bon, si on rejoignait nos domiciles. Demain, ce sera une nouvelle journée, mais les soucis seront toujours là, propose le commissaire.

— Je vais attendre mon collègue Aides qui n'est pas rentré de son inspection. On ne sait jamais, les ennuis peuvent vite arriver. À cette heure-là, il devrait être revenu.

— Je patiente avec toi, affirme Jauly.

— Très bien, je vous dis à demain, s'éloigne Recherche.

Mon plan de commencer à lui faire la cour tombe à l'eau. Je ne vais jamais réussir à me retrouver en tête à tête avec elle, fulmine Jarrive. Et la laisser avec cet inspecteur sans envergure, jamais !

— Rentrez chez vous Secret, vous devez être fatigué, je vais attendre Jel Aides avec Eval, propose-t-il.

— Merci, monsieur le maire, Jel est plus qu'un collègue, c'est un ami, répond-il, alerté par le ton insistant de l'édile.

Tout à coup, la porte s'ouvre avec fracas. Aides entre dans la pièce. Il est tout sale et transpirant. On dirait qu'il a couru.

— Venez, Secret et Jauly. On a découvert un cadavre dans le parc de la balade.

— Quoi ? Que se passe-t-il ? Appelez le commissaire, crie Jauly.

— Je me charge de le contacter, suggère Jarrive.

— L'assassin est dans la ville, nous devons le trouver avant qu'il puisse s'enfuir. Allons-y ! propose Secret.

En un rien de temps, les trois inspecteurs étaient dans le parc de la balade, au chevet de la victime. À leur grande surprise, leur supérieur était déjà sur place.

— Vous avez des ailes supersoniques maintenant commissaire ? s'amuse Secret malgré le contexte.

— Vous apprendrez que les chefs sont toujours les plus rapides sur les lieux des drames.

— Je connais. Les chefs, même quand ils ont tort, ont toujours raison !

— Ce n'est peut-être pas le moment de plaisanter. On a une dépouille sur le dos tout de même !

— Eh oui ! Après Médoc et sa tête tranchée, voilà que ça recommence, se plaint Jel Aides. Mais au fait, où est Jauly ? Elle était avec nous tout à l'heure.

— Je l'ai vu s'éloigner en effet. Elle a dû partir à la recherche de l'assassin, explique Jéun, le visage anxieux.

— Je crains qu'elle ne prenne des risques, j'y tiens à cette petite, répond le commissaire. Bon, je vais appeler le médecin légiste Légal pour qu'il vienne examiner le corps. Aides, vous vous y collez ? On a besoin de renforts aussi. Moi, je reste ici. Secret, partez à la recherche de Jauly. Ah, voilà Jarrive et son adjoint Sécuritas. Vite, établissez un périmètre de sécurité autour du défunt !

Tout le monde s'active, mais personne n'a encore osé examiner le cadavre. La nuit tombe et ne permet pas de bien l'identifier. Le souvenir du meurtre horrible de Médoc est de nouveau présent dans tous les esprits. Recherche, malgré l'obscurité qui enveloppe le corps, a bien une petite idée du nom du macchabée. Il ne croit pas se tromper, ce visage, bien qu'écrasé par un objet contondant, ressemble à celui de

Ventrevide, le patron du restaurant et de la brasserie les plus connus d'Ici.

— Appelez Oscar au téléphone, Aides ! Mon pressentiment est peut-être faux.

— Je ne peux pas être partout. Je dois tout faire ici.

— Arrêtez de râler et activez-vous !

Tout à coup, l'autre inspecteur, qui avait disparu dans la nuit depuis dix minutes revient en compagnie de Jauly.

— Commissaire, on sait où vit le rôdeur, dit Eval Jauly. Je l'ai suivi jusqu'à chez lui, ou du moins jusqu'à sa planque. Je suis restée en faction, mais personne n'a bougé. Il n'a même pas allumé une lampe. Puis Secret m'a rejoint, il était très inquiet pour moi, mais tout va bien.

— Il est peut-être tout simplement innocent des larcins qu'on lui attribue, précise Aides.

— Oui, mais il a une attitude louche.

— Beau travail Jauly. Une surveillance s'impose, c'est certain. Mais pourquoi a-t-il cette attitude d'après vous ?

— Peut-être se sent-il menacé.

— Et votre cow-boy ?

— Oh, lui, il s'est évanoui dans la nature.

Secret, qui n'avait pas dit un mot depuis son retour, examinait la victime à terre avec le maire.

— Qu'en pensez-vous ? Moi j'ai bien ma petite idée !

— Il ressemble à un homme bien connu de tous dans le village.

— Dans le noir, on peut se tromper !

Recherche qui s'était doucement approché d'eux, s'agenouille pour voir la dépouille de près. *Ah, c'est toujours difficile de regarder des corps et des visages de personnes assassinées, même quand ils sont encore identifiables.*

Je ne m'habituerai jamais à ce travail, alors que je le pratique depuis vingt-cinq ans. Je crois bien que j'ai vu juste, c'est bien Oscar Ventrevide. Pauvre bougre ! Pourquoi l'a-t-on massacré comme ça, en plein parc ?

L'épouse d'Oscar Ventrevide arrive sur les lieux en courant.

— Mon mari est avec vous ? Oh, mais c'est qui ce corps allongé par terre ? Quelle horreur, on dirait un mort !

— Madame, pourriez-vous l'identifier, ou du moins tenter de le faire ?

— Quoi ? C'est mon Oscar qui gît dans cette mare de sang ? Je ne vois rien et je ne veux pas regarder, c'est horrible.

— Faites un petit effort, je sais que c'est douloureux, insiste-t-il. Ah voilà, Lafouine le juge d'instruction.

— Voici un drap pour le recouvrir. Le médecin légiste est arrivé, crie Aides.

— Faites reculer tout le monde, ordonne Lafouine. Avec le médecin légiste, on va procéder à l'examen du corps.

Mme Ventrevide, qui avait déjà perdu son amant Médoc quelques années auparavant, fond en larmes en examinant cet homme au visage broyé.

— C'est mon mari Oscar. Je le reconnais.

— Madame, je suis sincèrement désolé. Je vous présente toutes mes condoléances. Vous pouvez rentrer chez vous pour vous reposer.

Jauly, en voyant la détresse de cette pauvre femme, la prend dans ses bras pour la réconforter.

— Soyez forte, lui glisse-t-elle à l'oreille.

— Qui a bien pu vouloir le tuer ? Il ne faisait que travailler.

— On le sera très bientôt. Croyez-moi madame, on va enquêter.

— Comment est-il mort ? Vous le savez ?

— Non pas encore. C'est le médecin légiste qui répondra à cette question.

Légal a déjà pris les choses en main. Par rapport à Médoc dont le meurtrier avait coupé la tête, ce cadavre-là est beaucoup moins abîmé. Il va tout de même devoir pratiquer une autopsie. De son côté, le juge d'instruction Lafouine a décidé de diligenter une enquête pour connaître les causes du décès.

Quelques jours plus tard, tout semble redevenu calme dans la ville d'Ici.

Pourtant, dans le funérarium où gît le corps du défunt, la famille se recueille. Ils ne sont pas nombreux et Mme Ventrevide se sent bien seule face à ce changement dans sa vie. Elle n'avait jamais eu à déclarer un décès auparavant et connaissait très peu les démarches à accomplir. Heureusement, l'adjointe au maire Sylvia Genty l'a soutient et l'aide à remplir tous les documents et attestations.

Oscar Ventrevide, élevé uniquement par sa mère jusqu'à ses douze ans n'a jamais été un enfant choyé. Ses deux frères, qui sont jaloux de sa réussite professionnelle, ne le fréquentent plus depuis longtemps. Seul le cousin Jéleu Ventreplein est présent, car ils se sont associés dans la gestion de la brasserie du camping. C'est également lui le cuisinier en chef. Elle-même n'a plus de sentiments amoureux pour son époux depuis plusieurs années. Ils n'étaient jamais parvenus à avoir d'enfants et pour eux, c'était un drame. Ils avaient souvent envisagé de divorcer. Heureusement, il lui avait pardonné qu'elle le trompe avec ce pauvre Médoc tué dans des circonstances horribles par l'ancien maire et le boucher Saigneur. Et voilà que dorénavant, c'était au tour de son homme d'être liquidé de manière violente.

Quel mal avait-elle fait pour que la vie s'acharne sur elle comme ça ? On allait la soupçonner du meurtre. Elle devrait encore se justifier pour s'innocenter, et cette fois-ci, ce ne serait pas facile !

Et maintenant, se dit-elle, je me retrouve seule avec ces deux entreprises. Le commissaire ne va pas me louper avec toutes ses questions. Je vais devoir être vigilante.

Chez les flics, tout le monde est sur le pied de guerre.

Le procureur de la République a même fait le déplacement. La direction générale de la police nationale a appelé une équipe de la gendarmerie en urgence pour renforcer les effectifs et les tâches vont bientôt être distribuées.

Recherche s'occupera de l'enquête d'Oscar Ventrevide et du viol de Désirée, Jauly des cambriolages, Aides du rôdeur et Secret des agressions et des dealers.

Mariette Officine, qui est veuve depuis le meurtre de son mari Médoc ne va pas plaindre sa grande rivale. Elles ont aimé le même homme, mais maintenant elles sont toutes les deux seules et malheureuses. *Une belle vengeance que me fait la vie ! pense-t-elle.* Elles s'étaient crêpé le chignon au moment du drame et depuis, elles ne s'adressent pas la parole.

Gérer cette pharmacie et manager les deux préparateurs est un travail à temps plein qui l'épuise. En cette année 2023, tout est dur. Les charges ont doublé, certains médicaments deviennent rares et les employés sont souvent absents. Ils veulent des augmentations de salaire, mais comment leur donner ce qu'ils réclament, le budget est de plus en plus serré ! Tout va mal, vraiment, d'autant plus que pour la deuxième fois en quelques années, son commerce a été cambriolé. Cette fois-ci, elle a eu peur. Le malfaiteur, qui s'est introduit dans la pharmacie en même temps que deux clients, était entièrement cagoulé, ganté et armé. Très inquiétant, il a menacé de tuer tout le monde si on ne lui donnait pas le contenu de la caisse. En quelques minutes, il avait la recette de la journée dans son sac et il repartait. Depuis, la pharmacie était fermée. Mariette était dépressive. Elle s'était traînée pour se rendre au commissariat et porter plainte. Ah si elle pouvait aller au soleil et se reposer dans un hamac plutôt que de vivre ici ! Son seul espoir résidait dans l'enquête que l'inspectrice Eval Jauly menait pour retrouver son voleur et celui du boulanger Levain. De source sûre, ce serait le même personnage qui serait l'auteur des exactions. On frappe à la porte.

— Mariette, puis-je vous parler ?

— Oui, entrez Eval. Je vous attendais.

— Est-ce que vous vous remettez un peu ?

— Non, l'assassinat d'Oscar en même temps que le vol de la recette, ça fait beaucoup pour une femme stressée comme moi.

— À ce propos, je suis désolée, mais vous allez recevoir une convocation du commissaire dans le cadre de l'enquête. Mais ne vous inquiétez pas, c'est la routine. Nous devons vérifier votre emploi du temps le soir du meurtre.

— Il peut compter sur moi.

— Venons-en à notre affaire. Quelle a été la somme dérobée ?

—2000 €. Ma journée de travail.

— Avez-vous remarqué un signe distinctif sur l'agresseur ?

— On ne discernait rien de lui. Il portait un jean, un blouson difforme, une cagoule noire, des lunettes, des gants et il tenait une arme au poing, style pistolet. Pour moi, c'est un habitué des vols avec effraction.

— Et sa voix ?

— Grave et très froide. Si je l'entendais de nouveau, je pense que je la reconnaîtrais, mais je pourrais me tromper.

— Très bien madame. Reposez-vous bien. Je reviendrai vous voir. Je vais rendre visite au boulanger.

— Ah, oui ! Ses talons claquaient, c'est certain.

— C'est-à-dire ?

— Ils faisaient du bruit quand il marchait, comme un cow-boy.

— Merci, c'est noté. Des témoins m'ont déjà signalé ce trait distinctif. Avec cette info, nous le trouverons, je vous l'assure.

Pendant ce temps-là, le commissaire, soutenu par le juge d'instruction Lafouine, a débuté son enquête sur l'assassinat d'Oscar Ventrevide. *Il avait donc des ennemis, ce pauvre bougre, pense-t-il, mais peut-être pas autant que Médoc à l'époque. Par contre, cette nouvelle histoire est plus sombre, plus complexe aussi. Par où commencer ?*

Oscar dirigeait correctement « À la bonne table » et c'est pour cette raison, d'après le maire, qu'il avait obtenu facilement la gérance de la brasserie du camping « À la bonne franquette ». Lorsque le meurtre de Médoc était survenu, il était occupé derrière ses fourneaux et des témoins avaient confirmé cet alibi. Sa femme cohabitait tant bien que mal avec lui, mais le couple semblait fonctionner sans trop de heurts. Ils travaillaient d'ailleurs ensemble dans leurs deux affaires et personne ne les entendait se disputer. Où se niche donc le problème ? La plupart de mes dossiers sont des vengeances. Je vais chercher dans ce sens. Peut-être que le maire pourra m'éclairer.

Je vais demander à Aides de procéder à toutes les convocations. Je dois voir aussi Légal et Jarrive.

— Aides, pourriez-vous venir dans mon bureau ? Pourriez-vous appeler toutes les personnes de cette liste ?

— Comment voulez-vous, chef, que je surveille notre rôdeur si je dois passer mon temps pendu au téléphone ?

— Ne réfléchissez pas, c'est un ordre !

— D'accord commissaire, mais ne vous plaignez pas s'il se fait la malle.

— Qu'a-t-il fait de mal ce rôdeur ?

— Rien, mais c'est un mec louche, habillé en guenille qui marche toute la journée dans la ville les pieds en sang et qui crie devant les badauds. C'est un fou ou un drogué et il fait peur aux gens.

— Faites-vous épauler par Secret !

— Il s'est planqué dans le quartier des dealers pour prendre des photos. Il aimerait les choper en flag.

— Et Jauly ?

— Elle cherche des talons qui claquent dans les cafés, les hôtels et les restaurants de tout le secteur.

— Bon, occupez-vous de toutes les convocations. Voici la liste !

Étonné, Aides scrute la feuille que lui a tendue son responsable.

— Mais j'en ai pour la journée !

Tout à coup, on frappe à la porte.

— Entrez ! Ah, mais c'est notre médecin légiste ! Sortez tous ! Alors Légal, que dit le corps d'Oscar ?

— J'ai procédé à un examen externe et à son autopsie. La victime s'est débattue. J'ai trouvé des ecchymoses au niveau du torse, des bras et du visage. On a tenté de l'étrangler, mais il n'est pas décédé de strangulation. Il a reçu plusieurs coups sur la tête, dont un avec un objet lourd, type pavé, ce qui a été fatal pour lui.

— Une pierre du parc de la balade certainement. Nous allons devoir la chercher. Je vais y envoyer mes hommes. À quelle heure est-il mort ?

— À 20 heures !

— Donc le drame s'est déroulé entre 19 h 30 et 20 h. Vous qui connaissez tout le monde ici Légal, auriez-vous une petite idée de l'identité du meurtrier ?

— Non, pas du tout. Oscar semblait être un homme droit, mais si j'étais vous, commissaire, je chercherais du côté de ses collaborateurs, fournisseurs et clients. Il devait bien avoir des rivaux, comme tous les notables de la ville.

— Je vous remercie pour le tuyau. J'ai autre chose à vous confier, à moins que vous ne le sachiez déjà. Votre fils est bien un employé du garage « À la bonne occasion » ? Son prénom est bien Répare ?

— En effet.

— Une jeune femme appelée Désirée est venue porter plainte contre lui pour viol. Elle a fait constater les violences subies par un médecin. Il avait bu et avait pris de la cocaïne. Il a abusé d'elle. Une enquête est en cours. Il risque la prison. Vous en a-t-il parlé ?

— Mon fils se drogue ? Il viole une fille ?

— Voici une chaise pour vous asseoir.

— Il ne me dit rien. Nous sommes en froid depuis longtemps. C'est le fils de sa mère. Je crois qu'il me craint, ce qui expliquerait qu'il me fuit depuis des années. Cette histoire est vraiment gênante !

— Désirée ira jusqu'au bout de sa plainte.

— Pouvez-vous faire quelque chose pour moi, commissaire ? Trouver n'importe quelle idée pour clore l'enquête. Je suis prêt à vous fournir une belle petite somme, si c'est possible de lui éviter la prison !

— Votre fils doit payer pour ce qu'il a fait et le traumatisme enduré par Désirée.

— Oh comme je m'en veux. C'est un jeune que j'ai pourtant bien éduqué, ou du moins je le croyais. J'ai tellement été accaparé par mon travail de médecin quand il était enfant. Je n'aurais jamais pensé ça de lui.

— Nos enfants ne nous ressemblent pas.

Légal, assommé par ces révélations, est sur le point de quitter le bureau du commissaire lorsque Jarrive pousse la porte en frappant discrètement.

— Je vous laisse avec le maire, dit le médecin légiste, tout penaud.

L'inspecteur Aides, qui est entré lui aussi, attend les ordres.

— Aides, avez-vous terminé les courriers ?

— Oui, commissaire, je m'en vais.

— Pourriez-vous rajouter Ventreplein, le cousin d'Oscar ?

— OK, mais bye bye le rôdeur !

— Monsieur le maire, je devais vous voir !

— Tu me vouvoies maintenant ?

— Les affaires sont les affaires. Dans le cadre de l'enquête sur l'assassinat d'Oscar, auriez-vous des infos à me transmettre qui pourraient m'éclairer sur un mobile possible et des suspects potentiels ?

— Non, je ne sais rien qui puisse t'aider.

— Réfléchissez bien. Vous étiez l'adjoint du maire Civil. Vous connaissez donc tous les dossiers. J'aimerais que vous me sortiez tout ce qui concerne les deux commerces du couple Ventrevide. Je voudrais les consulter assez rapidement.

— Pourquoi son meurtre aurait-il un lien avec ces établissements ?

— Quand on est commissaire, on envisage toutes les éventualités.

— Son restaurant « À la bonne table » est un lieu privé, je n'ai rien en mairie. Par contre, il n'était que gérant de « À la bonne franquette », car le camping est communal.

— Très bien, mais vous devez bien avoir un petit dossier sur son premier commerce avec ses collaborateurs et ses employés. C'est possible d'avoir tout sur mon bureau demain ?

— Et Légal ?

— Je ne m'inquiète pas pour lui. Il a des relations très bien placées.

— Oui, je crois que le procureur de la République est un ami à lui.

Une heure plus tard, une agitation se fait entendre dans le commissariat.

Recherche, qui dormait à moitié sur un dossier, se lève et ouvre la porte de son bureau.

— Que se passe-t-il ici ? On ne peut pas se concentrer sur son travail ici.

— C'est Secret. Il est parti aux urgences !

— Quoi ?

— Une bande de petites frappes l'a surpris quand il faisait le guet dans le quartier des voyous. Ils lui ont défoncé son appareil photo et l'ont roué de coups. Il a peut-être un traumatisme crânien.

— Chef, demande Eval Jauly qui est entré depuis peu dans le commissariat, un malheur est arrivé à mon petit Secret ?

— On va aller à l'hôpital ! Venez Eval ! Vous autres, prévenez Aides.

Quatre jours après, l'inspecteur, qui s'était remis de son passage à tabac grâce aux bons soins de sa collègue Eval, était à l'heure dans son bureau.

— Comment avez-vous fait pour guérir aussi vite ?

— C'est mon secret commissaire.

— Ah ! Vous recommencez avec vos devinettes. Vous n'irez plus tout seul là-bas dorénavant, c'est trop dangereux.

— Je ne pourrai pas changer avec Aides ? Je préférerais surveiller le rôdeur.

— Courage ! Les gendarmes seront avec vous la prochaine fois. Eval est dans les parages ?

— Non, elle est partie au taf, mais pour l'instant, elle n'a recueilli aucun témoignage intéressant. Les clients ont tous fermé les yeux, sur ordre du cambrioleur, ils n'ont donc rien vu ni entendu.

— Bien, je vois. Ils ont dû boucher leurs oreilles aussi. Ah voilà Aides !

Il lui demande d'un signe de tête de les rejoindre.

— Cette journée ?

— Pourrie. J'ai surveillé durant des heures le bâtiment où se trouve le studio du rôdeur. Aucun mouvement, il ne rôde plus. En revanche, je crois que j'ai pris froid. Ce soir au lit avec un bon grog.

Qui m'a mis une telle équipe de bras cassés, je me demande, pense le commissaire.

— À demain et soyez frais, nous avons du pain sur la planche.

— Comme d'habitude chef !

Le lendemain matin à 7 h 30, tout le monde, sauf Aides qui avait sollicité quelques jours d'arrêt maladie pour soigner son rhume, était sur le pied de guerre.

Recherche avait tout d'abord convoqué l'épouse d'Oscar, puis Mariette Officine, les employés des restaurants, Jéleu Ventre-plein, le cousin du défunt, et le maire Jar-rive. Dans l'attente du premier rendez-vous, il feuilletait des archives concernant

« À la bonne table ». Oscar avait acheté le fonds de commerce vingt-cinq ans auparavant avec sa femme. Ils n'étaient que quatre à y travailler : deux cuisiniers dont Oscar, et un dénommé Max et deux personnes en salle, Mme Ventrevide et une jeune serveuse. Excellent chiffre d'affaires et réputation impeccable ! Tout allait bien, sauf ce dépôt de plainte d'Oscar.

Je dois faire fausse route, pense-t-il tout à coup. Mais, tout de même, je vais convoquer ce Max et l'employée.

— Commissaire, votre rendez-vous !

— Faites entrer ! Madame, toutes mes sincères condoléances. Votre mari était un homme apprécié de tous dans la ville. Je regardais, avant votre arrivée, des archives que nous possédions sur votre restaurant. Un incident a eu lieu et la police a mené une enquête après le dépôt de plainte de votre époux. C'est bien ça ?

— Oui en effet, il avait licencié notre cuisinier Max, car la clientèle rouspétait à cause des plats qui étaient beaucoup trop cuits. Max, pour se venger, avait cassé pas mal de matériel. Je m'en souviens, cela fut très dur pour nous. Alors Oscar a témoigné contre lui. Max a écopé de quelques mois de prison avec sursis et d'une amende de 3000 euros.

— Que faisiez-vous le soir du meurtre ?

— J'étais à la brasserie du camping. Je m'inquiétais qu'Oscar ne soit pas avec nous. Nous avons très peu de personnel. Quand il manque un salarié, nous sommes tout de suite débordés.

— Très bien madame. Quand Oscar vous a quittée dans la journée, il vous a parlé d'un rendez-vous ? Que devez-il faire ce soir-là ?

— Oscar me disait rarement où il se rendait lorsqu'il sortait. Il se levait très tôt et allait acheter les produits pour le restaurant et la brasserie. Il fréquentait beaucoup de monde et de lieux. Tenir des restaurants, vous savez commissaire, n'est pas un travail de tout repos.

— Pourriez-vous demander à vos employés de me rendre visite ? Je voudrais surtout rencontrer Max.

— Ce n'est pas à moi de faire ça. Je préfère que vous les convoquiez vous-même. Quant à Max, depuis cette fâcheuse mésentente, nous n'avons plus eu de nouvelles de lui.

— Oui, bien entendu. Je viendrai dîner un jour à « La bonne franquette ». Ah oui ! Comment gérez-vous votre restaurant « À la bonne table » depuis que vous avez un deuxième établissement ?

— Nous avons recruté un responsable et des serveurs qualifiés. On supervisait, mais on se consacrait surtout à la brasserie. Cela nous change les idées de travailler dans un lieu proche de la nature.

— Votre époux a-t-il des ennemis ?

— Non, pas à ma connaissance. Il s'entendait bien avec le personnel, les clients, les fournisseurs et les partenaires.

— Au milieu de tous ces gens se cache son assassin. Nous le trouverons, madame. Faites entrer mon rendez-vous Mariette Officine, s'il vous plaît.

— Cette femme sans scrupules doit être la meurtrière. Elle a dû vouloir se venger de moi.

— Allons ! Pourquoi aurait-elle eu ce désir ?

— Moi, j'avais encore mon mari et plus elle, et comme elle me déteste, elle est capable de tout.

— Rentrez bien chez vous et reposez-vous avant que la haine ne vous envahisse et que vos propos ne deviennent à vos yeux des réalités.

Le maire a demandé à ses collaborateurs qu'on ne le dérange pas. Devant lui, des documents s'accumulent. La plupart d'entre eux concernent la brasserie du camping. Il s'en souvient fort bien, Oscar n'était pas le premier à en réclamer la gérance. Des appels d'offres étaient passés et ils avaient reçu plusieurs candidatures. La famille Ventrevide n'était pas la favorite. Leur ancien employé Max, qui avait une formation en économie d'entreprise et une expérience de cuisinier, avait porté le premier un dossier fourni à la mairie pour obtenir ce boulot. En difficulté depuis le dépôt de plainte, injuste d'après lui, d'Oscar, il avait besoin de ce travail. Toutes les semaines, il se rendait sur les lieux de la construction du bâtiment qui abriterait la brasserie, et demandait à rencontrer le secrétaire général pour savoir si sa candidature était retenue.

Puis un jour, Oscar avait sollicité un entretien. Il réclamait la gérance de cette buvette-brasserie. Il prétextait qu'il était le meilleur restaurateur de la ville et qu'il était le seul à pouvoir mener à bien cette nouvelle affaire pour attirer les touristes aux soirées dansantes qu'ils proposeraient lui et son équipe. Lorsque le maire avait évoqué Max comme concurrent, Oscar lui avait offert une enveloppe garnie de billets. « Prends, lui avait-il dit, c'est un secret entre nous. Personne ne doit jamais l'apprendre. » Puis, Oscar et son épouse avaient obtenu le poste.

Pourquoi ai-je accepté ? Me voilà dans de beaux draps, maintenant. Le commissaire, cette vraie fouine, va se rendre compte qu'à l'hôtel de ville, nous pratiquons le favoritisme. Et si je ne lui fournissais pas le dossier de Max, il ne pourrait pas le deviner ! Hum, c'est dangereux, ça ! Max lui en parlera. Bon, courage vieux, tu vas tout déposer sur son bureau et tu verras bien. Bientôt l'heure du rendez-vous. J'y vais !

Devant le commissariat, Jauly dialoguait au téléphone. Elle semblait accaparée par sa discussion.

Et si je tentais ma chance maintenant, ça me mettrait un peu de baume au cœur avant d'affronter Colombo. Allez, raccroche ma jolie !

— Ah, Eval, quel plaisir de vous voir !

— Monsieur le maire ! Une minute que je mette fin à cette conversation.

— Je vous en prie, prenez votre temps.

— Que puis-je pour vous ?

— Ne soyez pas aussi distante ! Nous pouvons nous tutoyer ? Voilà, j'aimerais que vous acceptiez mon offre. J'ai conscience que cela peut vous choquer, et vous êtes en droit de refuser, mais je vous propose de fêter votre arrivée dans cette ville devant une coupe d'un bon champagne. Puis nous pourrons déguster un repas gourmet, tout cela servi sur ma terrasse avec une vue imprenable sur le ruisseau Claireau. Qu'en pensez-vous, chère Eval ?

— Je suis ici depuis presque un an.

— Justement, j'ai envie de vous inviter depuis presque un an.

— Monsieur le maire, je ne voudrais pas vous vexer, mais je vais décliner votre proposition.

— Oh ! Pourquoi ? Nous dînons ensemble et vous pouvez rentrer chez vous après le repas.

— Je vous remercie. Je préfère ne pas avoir d'intimité avec quiconque ici, élu ou pas. Vous comprenez, je suis une policière et j'ai un rang à tenir.

— Vous n'en êtes pas moins une femme, très féminine et sensuelle.

— Je pourrais aussi être un trans. Vous y avez pensé.

— Euh, non !

— Je décline votre aimable invitation. Permettez-moi de vous laisser, je dois retourner à mon poste de travail.

Le commissaire Recherche, qui a reçu de nombreux suspects toute la journée est exténué. Rien ! Aucun indice ne le met sur la piste du meurtrier d'Oscar. Tout le monde a un alibi solide. Il lui reste toutefois deux personnes à rencontrer : le cousin Ventre-plein et Max. Il espère qu'avec ces deux-là, il pourra avancer dans son enquête. Puis, il désire revoir madame Ventrevide. Il pense qu'elle ne lui a pas tout révélé.

Le maire, quant à lui, doit bien posséder quelques informations. D'ailleurs, il est en retard à leur rendez-vous.

Le soleil, chaud toute la journée, commence à se cacher derrière quelques nuages épais aux couleurs délavées. Debout devant la fenêtre de son bureau, Recherche rêvasse.

Drôle de temps depuis quelques mois, le climat déraille ou c'est moi. Je ne reconnais plus mon joli ciel bleu d'antan. Et puis ces zébrures, qu'est-ce que c'est ? Ah, j'entends des bruits. Le maire certainement.

— Commissaire, je peux entrer ? Voilà tous les dossiers réclamés. Tu ne verras pas grand-chose d'intéressant, et rien qui puisse nous éclairer sur cette triste histoire.

— Merci, j'en jugerai par moi-même. Que faisiez-vous entre 19 h 30 et 20 h le soir du meurtre ?

— Tu ne vas pas me soupçonner tout de même ?

— Vous êtes comme l'ancien maire Civil, un potentiel suspect.

— Sauf que moi, je n'avais rien à reprocher à Oscar. C'était un ami.

— Un très bon ami ?

Le téléphone sonne tout à coup dans le bureau, interrompant la conversation.

« Oui, Désirée ! Comment allez-vous ? Mieux ? Ah, non ? Vous voyez une psy ? Votre dossier ? Ben, il est à l'étude. Nous allons convoquer monsieur Légal fils dans la semaine. Je ne l'ai pas encore interrogé. Patience ! Au revoir. »

— Pauvre petite qui attend que son bourreau soit puni.

— À ce propos, j'ai reçu un appel téléphonique. On m'a dit de vous en informer, commissaire. Vous devez fermer les yeux sur cette affaire. Vous devez la classer. Je suis désolé, l'ordre vient d'en haut.

— À ce rythme, tous les fils à papa pourront violer toutes les jeunes demoiselles d'Ici sans jamais purger leur peine.

— Je suis d'accord avec toi. Cette société nous pousse au vice.

— Je me demande souvent si mon métier de commissaire est toujours utile.

— Comme celui de maire. On a surtout de plus en plus d'ennuis.

— Certes, mais vous avez encore de nombreux avantages, j'en suis certain.

Al Aides est déçu. Il a pu discuter avec des voisins, des témoins et même avec le locataire du studio où se réfugie le soir très tard le rôdeur, mais ses investigations se sont avérées inutiles. Elles lui ont tout de même permis d'en découvrir un peu plus sur le personnage et il va pouvoir dresser un bilan de son enquête au commissaire. Toutes ces heures à surveiller ce gars, à guetter ses entrées et sorties de l'immeuble, à tenter de savoir de quelle nationalité il était, tout cela s'est avéré vain. Certes, le rôdeur boit tout l'alcool qu'on lui offre et fume tous les joints qu'on lui tend, mais il n'est pas violent. C'est tout simplement un jeune SDF ukrainien qui a fui son pays pour ne pas être enrôlé de force comme soldat dans une guerre qu'il ne veut pas faire.

— Je suis Ukrainien, comme Borys, mais moi j'avais un peu d'argent pour partir et louer un studio, lui a dit Anton. Borys, lui, n'a rien. C'est pour cette raison que je le loge. Par solidarité. Mais chez moi, c'est minuscule et Borys dort sur un matelas par terre. On a fait une demande d'asile politique, mais on a peur d'être renvoyés en Ukraine. Si on y retourne, on devra aller directement sur la ligne de front. On ne veut pas mourir, inspecteur, vous le comprenez ?

— Moi non plus, je n'aurais pas envie de partir à votre place.

— Nous non plus. Nous sommes d'anciens fermiers. On n'a jamais touché une arme.

— Quel est votre âge à tous les deux ?

— Borys a dix-neuf ans. Moi vingt. Pouvez-vous nous aider ? Borys a besoin de soins médicaux.

Eh bien voilà ! Je vais encore faire de l'humanitaire. Ce n'est pas la première fois, je tombe toujours sur ce genre de plan. Si je suis entré chez les flics, c'est pour arrêter les voyous, pas pour me retrouver à jouer à l'assistant social. Mon grand cœur me perdra, paraît-il. Au commissariat, tout le monde va encore se moquer de moi.

— OK, Anton, je verrai ce que je peux faire pour vous. Où se trouve Borys ?

— Il traîne toute la journée. Il est un peu dérangé. Il a besoin d'une expertise psychologique, je pense.

— Demain matin à 9 h, je viens vous chercher tous les deux. Soyez prêts.

Il est treize heures. Les trois inspecteurs ont déjeuné dans la petite salle à leur disposition au premier étage du commissariat. Maintenant, ils en sont au café. Leur chef est en rendez-vous, alors ils en profitent pour se détendre un peu. Eval, qui est toujours à la recherche du cambrioleur, a obtenu depuis peu des informations qui pourraient lui permettre de le retrouver.

Secret, qui est resté discret durant tout le repas, se met à parler. Il a envie de taquiner Al Aides.

— Al, ton rôdeur, tu l'as trouvé ?

— Oui, c'est un étranger en situation irrégulière. SDF et problèmes psychologiques. Un pauvre gars. Je l'ai orienté vers des services qui l'ont pris en charge. Lui, et son ami qui l'héberge ont déposé une demande de protection temporaire. Ils ne veulent pas retourner chez eux.

— De quel pays viennent-ils ?

— L'Ukraine. Ils l'ont fui avant de se faire enrôler. Ils ont encore envie de vivre, m'ont-ils dit. Je les comprends. Mourir, pour qui ? Pourquoi ? Pour des intérêts dont ils se moquent. C'étaient des agriculteurs, pas des tueurs. C'est pourquoi je vais les aider.

— À leur place, j'aurais fait la même chose, précise Jéun Secret.

— Ah ! Je vois ton sens de la patrie, s'amuse Eval. Al, tu as un grand cœur, on le sait tous ici. Tu aurais dû faire des études dans le social.

— Moque-toi de moi. Tu n'es pas une femme insensible à la misère du monde toi non plus. Où en es-tu dans ton enquête ? Tu as trouvé ton malfaiteur ?

— Non, toujours pas, il se cache. Mais j'ai reçu un témoignage primordial. Le responsable du magasin de chaussures Jechausbien a vendu dans l'année trois paires de bottes qui claquent. Il se souvient bien de l'apparence de l'un de ses clients. Un genre cowboy sorti tout droit d'une affiche de western. Pas du tout aimable ce gars, m'a expliqué Jechausbien. Il trouvait qu'elles étaient « trop chères et pas assez stylées. »

— Il te l'a décrit ?

— Oui, une sale gueule. Parle assez bien le français, mais il a un fort accent et une voix métallique. Type voyou.

— Ce doit être notre cambrioleur. C'est tout ? demande Secret.

— Il a suivi le client du regard et l'a vu entrer dans un immeuble en face de sa boutique.

— Et après ?

— Il l'a aperçu dans la rue le lendemain avec d'autres personnes. Ils sont passés devant son magasin. Des hommes louches, a-t-il pensé en examinant leur dégaine. Puis, ils ont disparu.

— On ne peut pas affirmer que des gens sont des truands à cause de leur style vestimentaire. Et on n'a aucune preuve que notre cambrioleur est le client désagréable.

— Ils sont peut-être partis d'Ici, suggère Al.

— Oui, mais on ira quand même vérifier ça. Je tiens à lui mettre la main dessus. Et toi Jéun, tes bosses ont dégonflé ?

— Pas vraiment ! Cette cité là-bas est une forteresse imprenable. Je doute que mon indic puisse recueillir des infos.

— Ah, tu en as trouvé un, s'étonne Eval ?

— Oui, un petit délinquant. Dealer depuis deux ans. Un peu violent, livré à lui-même, des parents inexistants, absentéisme scolaire. Le tutti quanti. Il n'avait pas le choix, soit il partait en centre éducatif fermé ou en prison, soit il collaborait. Enfin, c'est ce que je lui ai dit.

— Ça va être quoi son job ?

— Entrer dans leur groupe, obtenir leur confiance, relever le nom des chefs, noter les jours et lieux des échanges de dope et me décrire les contacts.

— Il risque gros. Ils ne sont pas gentils les gars là-bas.

— J'en sais quelque chose, j'ai encore le crâne douloureux. Concernant ce jeune, il a un casier chargé et s'il ne se fait pas choper, son ardoise sera effacée. « Ça vaut la peine d'essayer », m'a-t-il dit.

— Et s'il nous trahit ?

— C'est un risque.

Le commissaire, assis derrière son bureau en face de Jéleu Ventreplein depuis deux heures, se met tout à coup debout. Il doit détendre ses jambes. Avec l'âge, rester assis de longues heures l'épuise moralement. Jéleu, fortement impressionné par sa carrure de gardien de but, commence à trembler.

— Je vous ai tout dit.

— Absolument tout ?

— Oui, Oscar et moi, on se disputait souvent, mais on s'entendait bien. C'était mon cousin tout de même.

— Un cousin qui ne vous a pas versé votre salaire pendant plus de deux ans, mais vous n'aviez aucune rancœur.

— Avec la crise sanitaire, comment aurais-je pu lui en vouloir ? Il avait de nombreuses dettes et charges à payer. Tout s'est accumulé durant les sept mois de fermeture.

Puis la reprise a été très dure. Les clients ont tardé à revenir.

— Vous avez été patient, Ventreplein. Avez-vous la sensation qu'il a cherché à vous exploiter ?

— On était associés pour le meilleur et pour le pire.

— Je vois. Comment avez-vous gagné votre vie pendant tout ce temps-là ?

— J'effectue des missions dans des cantines scolaires.

— Très bien, je vais vérifier cela. Vous vous entendez bien avec Mme Ventrevide ?

— Je n'ai pas de soucis avec elle.

— On m'a informé que vous auriez aimé prendre la place de votre cousin, car c'est lui qui décidait de tout et que vous n'étiez pas toujours en accord avec ses ordres.

— Oui, Oscar était très autoritaire. Il pouvait même être violent verbalement si on le contredisait. Quand il se trompait, il ne voulait pas le reconnaître et m'accusait ou attaquait sa femme pour des erreurs qu'il avait lui-même commises. Quelquefois, il criait. Heureusement, on ne l'entendait pas trop à l'extérieur.

— Vous le détestiez ?

— Pas au point de l'assassiner.

— Vous avez pourtant déposé plusieurs fois des mains courantes pour harcèlement et menaces depuis que vous travaillez pour votre cousin.

— On ne peut rien vous cacher commis-saire. Oui, il abusait souvent de son statut familial.

— Merci, Ventreplein, j'en sais assez. Tenez-vous à la disposition de la police. Mme Ventrevide va arriver.

— Je n'ai pas tué Oscar !

— Vous m'avez tout dit ?

— Il avait porté plainte contre moi.

— Je suis au courant. C'était un procédurier Oscar, non ?

— Oui, le moindre problème avec un employé et il allait à la gendarmerie. Il croyait que j'avais volé dans la caisse du restaurant « À la bonne table ». Ce n'était pas moi, je le jure. Mais la justice m'a accusé.

— Qui avait donc pris l'argent ce jour-là ?

— Un autre salarié, sa femme, que sais-je ?

— À bientôt, Jéleu Ventreplein. Ah au fait, connaissez-vous un certain Max ?

— Oui, même très bien. C'était un ancien cuisinier de « À la bonne table ». Mon cousin n'a eu que des ennuis avec ce gus.

— Très bien, je vous attends demain dans mon bureau. Vous allez me raconter tout ce que vous savez.

— Ben non ! Je n'ai rien de plus à dire.
— À demain 8 h.

Madame Ventrevide, nerveuse, ronge ses ongles lorsque le commissaire lui propose de s'asseoir en face de lui.

— Madame, je vais entrer dans le vif du sujet. Vous m'avez affirmé ne plus avoir de nouvelles de Max, ce qui est faux. Vous avez eu ces derniers mois de nombreux contacts avec lui. Vous allez devoir me laisser votre smartphone pour vérification.

— Si c'est lui qui vous a dit ça, il a totalement déliré. J'ai dû le revoir une ou deux fois tout au plus en quelques années.

— Au moment où vous avez pris la direction de la brasserie du camping ?

— Sans doute, oui.

— Pourquoi m'avez-vous menti ?

— Ce Max est un fou. Il était furieux, car il avait postulé pour la gérance. Il nous téléphonait tout le temps en nous injuriant.

Il voulait nous voir. Il exigeait des explications. Je m'y suis collée. Mon but était de le calmer.

— Eh bien voilà ! Mais, vous l'avez aussi revu après son licenciement.

— Oui, l'objectif était le même.

— Enfin la vérité ! Que s'est-il passé ? Racontez-moi tout !

— Je ne sais rien de plus. Je ne désirais pas trop me mêler des problèmes d'Oscar et de ses différends avec Max.

— Et avec Jéleu ?

— Non plus.

— Pourquoi Max n'a-t-il pas obtenu la gérance ?

— Son dossier n'était pas viable et c'était un mauvais cuisinier qui aurait pu faire fuir tous les touristes d'Ici.

— Merci madame. À bientôt.

Se promener dans le parc de la balade pour le commissaire Recherche n'est plus une source de plaisir depuis de longues années. Bien que des chênes centenaires et le ruisseau Claireau y attirent de nombreux marcheurs, le meurtre d'Oscar a assombri chaque espace de ce lieu. Ses rares jours de repos, il préfère partir loin de ce parc et de la place de la fontaine où des promeneurs avaient retrouvé Médoc la tête tranchée il y a quelques années.

Marguerite le prie tout le temps de solliciter une mutation. « Ils peuvent bien faire ça pour toi, prétexte-t-elle ». Mais il ne réclame rien. Pourquoi ? Il est très peu attaché à Ici et à toutes ces personnes connues depuis des années qu'il croise dans les rues ou chez les commerçants. Non, ce qui le retient, c'est plutôt l'ambiance chaleureuse dans laquelle il travaille. Hier encore, malgré toutes les difficultés pour élucider le mobile du crime d'Oscar, il s'est senti soutenu par toute son équipe.

— La veuve madame Ventrevide sait bien plus de choses qu'elle ne le prétend. Lors de son interrogatoire, je lui ai laissé croire que j'avais eu une discussion avec Max. Elle est devenue blême avant d'avouer qu'elle avait menti. Elle l'a revu à plusieurs reprises depuis le dépôt de plainte de son époux, annonce le commissaire à ses coéquipiers.

— Peut-être que Max est le meurtrier et que Mme Ventrevide est sa complice, dit Eval.

— Ou l'inverse, renchérit Jéun.

— Ils ont tous les deux des raisons évidentes d'avoir eu envie de supprimer Oscar, continue Al Aides.

— La veuve, c'est pour l'héritage. Je me suis renseigné, tout l'argent et les biens que possédait le couple lui reviennent, poursuit le commissaire, sans parler du restaurant.

Puis, elle le trompait autrefois avec Médoc. Ça fait longtemps qu'elle ne l'aime plus.

— Ou peut-être même qu'elle le déteste. Quant à Max, il aurait pu agir par vengeance. Nous voilà donc avec deux beaux suspects, renchérit Eval.

— Ne pas oublier Jéleu Ventreplein. Je le trouve douteux. Je le rangerai parmi les suspects. Qu'en pensez-vous commissaire ? interroge Jéun Secret.

— Il était à l'enterrement de son cousin. Il ne tremble pas quand il parle. Il n'hésite pas à avouer qu'il ne supportait plus Oscar. Il semble droit et franc. Je ne le vois pas coupable à ce stade.

Tout en scrutant le ciel et ses stratus et stratocumulus ; nuages noirs accumulés au-dessus du commissariat, il repense à cette discussion avec ses collègues. Ils ont raison, ils tiennent de sérieux suspects. La pierre qui a servi à tuer Oscar a été identifiée et analysée. Le sang séché dessus correspond bien à celui du défunt selon les experts de la police scientifique.

L'enquête se déroule à merveille. Les preuves tomberont bientôt, il en est certain. Il en fera part au juge d'instruction. C'est un pro, tout le monde s'accorde pour le dire et sa hiérarchie le félicite souvent.

Cependant, aucune issue ne semble se dessiner pour les autres dossiers. Dans la semaine, il demandera à Jéun Secret s'il a des nouvelles de son indic et à Eval si elle a réussi à repérer son voleur aux bottes qui claquent.

Mais auparavant, il doit rencontrer ce fameux Max.

Max est un petit homme de la cinquantaine au ventre arrondi et au crâne dégarni. Assis droit comme un i en face du commissaire depuis dix minutes, aucune remarque ne semble le déstabiliser. Pourtant ses yeux gris fuient souvent le regard froid et accusateur de Recherche. Max est une personne qui a connu de nombreux échecs, mais affirme-t-il, je ne ferais jamais de mal à une mouche.

— Monsieur Recherche, je vais enfin pouvoir vous expliquer tous mes déboires avec cette famille Ventrevide et même avec cette ville.

— Le commissariat et la mairie possédaient déjà des dossiers sur vous que j'ai lus attentivement, mais je suis à votre écoute.

— Je vous remercie. Je pense que je dois être le meurtrier tout désigné d'Oscar.

Pourtant, je n'aurais jamais pu passer à l'action. J'y ai songé bien sûr, j'ai désiré sa mort et la faillite de son restaurant, mais je ne l'ai pas tué.

— Tout vous accuse, vous en avez conscience. Tous ici connaissent votre haine contre lui et sa femme et aussi contre son cousin et le maire.

— J'ai fait un travail important de relaxation et d'hypnose. J'ai réussi à me libérer de cette colère qui me hantait.

— Max, vous me surprenez positivement.

— À l'époque, une conspiration s'est liguée contre moi. Et parlons-en du maire !

— C'était l'adjoint de Civil à l'époque des faits.

— Oui, mais c'est lui qui s'occupait de tous les dossiers du camping et de la brasserie.

— Poursuivez, s'il vous plaît !

— C'est un long fleuve parsemé d'embûches. J'étais le cuisinier en chef de « À la bonne table » depuis deux ans, quand un jour, un client s'est plaint à Oscar que son plat était cramé, ce qui était vrai. Ce médecin fidèle du restaurant a fait immédiatement un esclandre et a demandé un remboursement de sa note. Il n'est plus jamais revenu déjeuner par la suite. À l'époque, en cuisine, nous étions trois, madame Ventrevide, une jeune serveuse et moi.

— Vous êtes devenu le coupable parfait.

— Oui, Oscar m'a accusé. J'étais le chef, je devais surveiller tous les plats qui partaient en salle. Ce n'était pas moi qui avais oublié d'éteindre le feu sous la cocotte. C'était la gamine ou Mme Ventrevide, mais la fureur d'Oscar s'est retournée contre moi. Il a commencé une procédure de licenciement pour faute grave du jour au lendemain, et ceci sans me prévenir. J'avoue, l'humiliation et la vexation m'ont fait perdre mon sang-froid. Le dernier jour avant mon départ, j'ai cassé de la vaisselle et des ustensiles de cuisine. Oscar a porté plainte. Ça, vous le savez. L'enquête s'est soldée par une amende que j'ai dû lui verser, puis j'ai écopé de quatre mois de prison avec sursis et de l'interdiction de m'approcher du restaurant. Alors, non seulement, j'ai perdu mon travail, mais en plus, je lui devais une importante somme d'argent. Des heures sombres pour moi commissaire.

— Vous auriez dû vous contrôler et ne rien casser.

— Seuls les gens comme vous ne font jamais de bêtises.

— Je suis moi aussi un homme imparfait, et je fais des erreurs aussi bien dans ma vie professionnelle que personnelle, Max.

— Retrouver un poste de cuisinier après cet épisode a été très difficile. Aucun employeur ne voulait plus me faire confiance.

J'ai passé plusieurs mois sans travail et sans ressources. Puis un jour, un chef m'a recruté. C'était pour travailler dans un restaurant réputé de la Grande. Je suis devenu son second. J'étais de nouveau sur les rails. Je pouvais me reconstruire. J'ai rencontré une dame qui est devenue mon épouse, et nous avons eu un enfant ensemble. Un jour, en consultant les infos de la mairie, j'ai lu que la municipalité recherchait un gérant pour la brasserie du camping. Ravi de l'opportunité de me placer à un poste qui correspondait à ma formation et mon expérience, j'ai monté un dossier. Tout était en bonne voie. Une semaine avant la clôture des dépôts, Jarrive m'a appelé pour me dire qu'il était désolé, mais la gérance revenait à la famille Ventrevide. J'ai demandé des explications. Rien. Il n'est pas clair ce maire. C'est un voyou.

— J'ai eu connaissance de votre affaire. Impeccable votre dossier.

— Merci commissaire. J'étais vraiment dépité, d'autant plus que mon patron savait que je voulais le quitter. Ainsi, par honneur, j'ai donné ma démission.

— Et vous avez postulé comme cuisinier dans la brasserie d'Oscar.

— Oui, je me suis retrouvé sans travail pour la seconde fois. Il a refusé ma candidature. J'ai eu beau lui expliquer que ce n'était pas moi qui avais laissé le plat cramer, que j'avais déposé un dossier pour la gérance, que j'avais besoin de ce job, rien ne l'a convaincu. Il avait décidé de recruter son cousin comme cuisinier. Point.

— Que vous est-il arrivé par la suite ?

— J'ai pris une autre fonction. Je suis pizzaiolo maintenant. Avec ma femme, on a acheté un camion. On bosse à deux et tout se passe bien. Je gagne correctement ma vie, je suis heureux en famille. J'ai tourné la page. Voilà. Je ne l'ai pas assassiné.

— Vous avez un alibi ?

— Oui, j'étais dans mon atelier en train de confectionner de la pâte pour le lendemain.

— Votre épouse était avec vous ?

— Non, elle servait encore la clientèle.

— Vous n'avez donc aucune preuve.

— Je vous le dis et redis. Je n'ai pas tué Oscar. J'ai déjà gâché ma vie une fois, je n'allais pas recommencer une seconde fois.

— Merci Max. Rentrez chez vous. Ne quittez pas la ville !

Les voyous dans la cité des méfaits sont devenus très puissants au fil du temps. Ils font régner la terreur dans le quartier, et les habitants n'osent plus se plaindre. Alors ils se terrent chez eux. Même les flics n'approchent plus, sauf Secret qui en a fait les frais.

L'indic Yous a réussi à entrer en contact avec un des gars de la bande. Pour être accepté, il lui a raconté tout ce qu'il avait accompli de plus infâme et misérable depuis son plus jeune âge.

— Tu as déjà buté un homme ? a questionné son nouveau copain.

— Non, j'ai braqué des bijouteries et des banques, mais on m'a coffré tout de suite.

— En serais-tu capable ?

— Oui, si on me l'ordonne.

— Tu devras exécuter la personne indiquée par Viol pour rester dans la cité.

— Je ferai ce qu'on me demande. Mais qui est Viol ?

— C'est le chef de la bande du haut. Tu ne dois pas le trahir, sinon tu y passes.

À partir de ce jour-là, il a pu faire la connaissance de tous les membres du groupe et même de Viol. On lui pose beaucoup de questions et on le surveille. On se méfie de lui, il le sent, mais on le laisse aller et venir.

Jéun Secret pense beaucoup à ce jeune délinquant. En lui proposant d'entrer en contact avec cette bande de dealers, il sait qu'il l'a exposé à un grand danger. Si un malheur lui arrivait, il ne se le pardonnerait jamais. Maintenant, ils doivent agir vite, avec les autres brigades, pour préparer une descente dans la cité. Depuis le temps qu'ils les surveillent, il est temps de passer à l'action.

La dernière fois qu'ils se sont vus, ils se sont fixé un rendez-vous pour le lendemain à minuit, derrière le tunnel muré.

Toute la journée, il ne parvient pas à se concentrer sur son travail. Il se sent irascible et prêt à bondir sur sa proie si on tente de le titiller. Que ce boulot est devenu dangereux depuis quelques années !

Maintenant, en plus, il y a plein de mouvements sociaux, de grèves, de manifestations et de violences dans les rues. Les collègues, ils craquent. Complètement surmenés, ils en deviennent agressifs. Ils comprennent que les Français en ont assez de ne pas être écoutés et bien souvent ils pensent comme eux, mais ils ont des ordres.

Enfin, la nuit tombe. Il sera bientôt l'heure d'aller à son rendez-vous. Il trépigne dans son bureau. Le commissaire est occupé avec les auteurs potentiels du meurtre d'Oscar. Eval, sa belle Eval, est quant à elle toujours en vadrouille dans la ville.

La dernière fois qu'ils ont pu se voir, Yous était très anxieux. Il craignait cette bande et son chef que les autres appellent Viol en raison des multiples viols qu'il aurait subis lorsqu'il était enfant. Il est impitoyable. Il sait tout ce qui se dit et se trame dans son dos. On ne doit pas lui mentir ou chercher à l'escroquer. Dans ses rapports avec les bandes rivales, il est redouté. Tu lui files la drogue, il effectue lui-même le contrôle de la qualité et vérifie la quantité. Pareil pour l'argent dont il compte plusieurs fois les liasses.

Près du tunnel, Secret observe les alentours. Il est armé jusqu'aux dents au cas où des problèmes surviendraient. Aucun bruit, à part le frémissement des feuilles. Il attend. Tout à coup, on lui touche l'épaule. Il sursaute. Il se retourne. Personne. Ce métier va le rendre fou. Il a vraiment eu la sensation d'une main posée sur son blouson.

— On doit faire vite, une voix chuchote.

— Ah Tu es là ?

— Dans trois jours, à cinq heures du mat, livraison cocaïne, rue des camés. Gros coup à faire. Viol et le mexicain y seront.

— Le mexicain est le fournisseur ?

— Oui, si vous les prenez tous les deux, vous cassez une des têtes du réseau. C'est une vraie mafia. La dope rentre par le Maroc et l'Espagne.

— Pourquoi tu fais ça pour la police ?

— Je ne suis à vos yeux qu'un voyou, mais j'ai aussi du bon en moi, comme toi, le flic. Je suis capable du meilleur et du pire. Le pire, c'est ma vie depuis ma naissance. Je peux la quitter sans regret.

— Ne retourne pas là-bas. Reste ici, on va te protéger et effacer ton ardoise.

— Non, c'est mon destin. Je suis et serai toujours un voyou.

Trois jours plus tard, à cinq heures du matin, quarante policiers et gendarmes se postent aux abords du lieu décrit par Yous. Ils ont révisé leur plan dans les moindres détails pour ne rien laisser au hasard. Ils ont le feu vert des autorités et de la justice. *Ils vont les choper ces marchands de drogue, foi de Secret, se répète sans cesse Jéun pour se rassurer.*

La transaction doit se dérouler dans une des caves du bâtiment le plus sinistre du haut de la cité. Ils ont prévu de surprendre les trafiquants en défonçant les trois portes de l'entrée. Ils auraient une minute pour les faire sauter toutes les trois et mettre en joue les revendeurs.

Armés de casques de motos, de matraques et de divers flingues, tous attendent dans le silence et dans le noir que le chef donne le top de départ. Ça approche. Le cœur de Jéun bat très fort, ce qui lui déclenche une douleur dans la poitrine.

C'est parti. Telles des ombres, ils progressent en rampant vers le bâtiment, jusqu'à entourer toutes les issues. L'un d'eux lance un bâton de dynamite contre la première porte. Boum ! Elle a sauté. Une fumée épaisse en sort. Allez, on y va, on entre ! Ils avancent à tâtons, il fait très sombre. Voilà le second accès qui ne résiste pas aux coups de botte. La troisième porte s'ouvre toute seule et un grand gaillard effrayé apparaît.

— Vous êtes cerné. Levez les bras !

Le bandit n'obéit pas et se jette sur les forces de l'ordre en brandissant son flingue. Un des gendarmes de la Grande fait feu.

L'homme s'écroule.

Au milieu de la fumée, une voix puissante transperce l'espace.

— Eh bien, vous en avez mis du temps pour venir nous rendre une petite visite inspecteur Secret.

Jéun fait quelques pas en direction du son. Il entre dans une pièce où la flamme tremblante d'une bougie éclaire un coin de visage. Il reconnaît Yous.

— On te frappe. On écrase ton appareil photo et tu reviens avec toute une compagnie. Bravo l'ami, tu es un vrai guerrier. Le commissaire n'est pas avec vous ?

— Qui es-tu ?

— Je n'ai pas d'état civil. Mes géniteurs m'ont abandonné à ma naissance et jeté dans une poubelle. Je suis celui dont personne ne veut, celui qu'on peut traumatiser et violer durant des années.

— Viol, tu as souffert, mais est-ce une raison pour propager la mort autour de toi ?

— Mon pauvre inspecteur, tu vis dans ton monde doré et aseptisé. Celui auquel je n'ai jamais pu accéder. Dans le mien, le cœur est absent. Seule la violence a sa place.

— Si vous vous rendez, je demanderai des remises de peine pour vous tous, c'est promis.

— Ah, ah, ah ! La parole d'un flic n'a aucune valeur. Mais maintenant, assez discuté. Tu vois ton petit protégé Yous à côté de moi ? Pas bien malin le gamin. Il vient se jeter dans la gueule du loup.

— Laisse Yous tranquille !

— Vous fichez le camp, sinon on le descend. Quatre flingues sont braqués sur son cœur.

— Si vous le sacrifiez, on vous tue tous. On est plus nombreux que vous. Réfléchis Viol.

— On n'a pas peur de vous, intervient le mexicain avec un fort accent étranger et un pétard en direction de Yous dans la main.

Jéun doit vite gamberger. Soit, ils se retirent et ils passent à la seconde partie de leur plan. Soit, ils tirent en premier, mais ce sera le carnage. Il risque de perdre la vie, Yous et ses collègues aussi.

— Ok, on va partir, mais je te préviens Viol, la prochaine fois, vous ne vous en sortirez pas comme ça. Va faire ton trafic ailleurs. Ici est une ville paisible.

— Tranquille, tu me fais bien rire. Seuls la corruption et les règlements de compte prolifèrent ici. Nous, avec notre petit commerce de drogue, on est des oies blanches à côté des pourris de cette ville. Partez et ne revenez jamais !

— Yous vient avec nous, c'est ma seule condition !

— Il reste avec nous.

Sur ce, Jeun fait signe aux autres de se retrancher. En deux minutes, ils ont regagné leurs véhicules. Le commissaire, entouré de toute une compagnie, attend dans la nuit.

— Ils sont sept avec Yous. Le mexicain porte un chapeau et Viol est un géant.

— Ok, on passe à la seconde partie du plan.

Tout à coup, ça bouge à l'intérieur. Deux vauriens sortent. Yous est avec eux. Ils braquent un pistolet sur sa tempe.

— Tirez ! chuchote le commissaire.

Boum, boum ! les deux crapules sont par terre. Yous est en vie. Les autres voyous accourent. Les flics n'ont plus qu'à les cueillir sur le passage, un par un.

— Planque-toi yous, crie Secret.

Quatre dealers sont maintenant au sol. La brigade attend dans la nuit et le froid les deux manquants Viol et le mexicain.

— On entre, ordonne le commissaire.

Après avoir parcouru toutes les pièces les unes après les autres, ils se rendent compte que le local est vide. Puis, tout à coup, l'un d'eux appelle ses collègues.

— Venez, une issue nous attend ici !

— Quoi, s'enquit Recherche, un passage ?

Une porte dérobée permet en effet de sortir dans le couloir qui mène à l'extérieur. Ils se sont fait avoir comme des débutants.

— Bande de crétins, j'avais dit que vous deviez repérer toutes les sorties. Ben voilà, on a perdu les deux chefs. C'est comme si on n'avait rien fait. Dans six mois, nous allons devoir tout recommencer.

— Oui, mais on en a buté quatre et Yous est sain et sauf.

— Secret, appelez des ambulances !

— C'est fait !

Eval et Jéun sont cachés depuis des heures dans un recoin de rue. Amoureux secrètement de sa collègue, il a tenu à l'accompagner dans cette ultime planque pour intercepter leur suspect aux bottes qui claquent.

De nombreux passants sourient quand ils aperçoivent les deux inspecteurs figés comme des statues sur un trottoir.

Tout à coup, il sort de son immeuble. Ils l'ont surnommé le vilain, à cause de son visage aux traits disgracieux, reflet d'un intérieur qui ne semble pas beau non plus. Il porte une paire de baskets aux pieds, il a donc changé de chaussures. La police le piste depuis plusieurs semaines, il doit le savoir et se méfier.

Eval a beaucoup enquêté sur lui. Elle est sûre d'elle, c'est bien son voleur. Ne reste plus qu'à mettre la main sur lui, et ça c'est le plus compliqué, car très peu de preuves l'identifient comme l'auteur des larcins. Il marche vite et semble préoccupé. Il tient serré contre son torse une pochette bien remplie. C'est de l'argent, suggère Eval à Jéun.

— Si on le suivait ? propose-t-il.

— Ok, on y va. Je suis à fond là.

Sur ce, les deux comparses s'envolent dans les pas de leur voleur.

— Il rejoint le parking des sans-abris, tu es prête à le coincer Eval ?

— Oui, on a l'autorisation du chef.

Le vilain est maintenant arrivé au niveau du parc de stationnement. Ses yeux gris balaient la place autour de lui. Il semble anxieux, comme s'il se sentait menacé. Tout à coup, il disparaît. En un tour de main, il a descendu les marches qui mènent aux garages.

— Il a l'intention de quitter la ville.

— Oui, je crois aussi, répond le jeune homme.

Dans le parking, les deux inspecteurs demandent au gardien de surveiller tous les mouvements et d'être très vigilant. Puis ils repartent en trottant en direction de leur suspect. Immédiatement, le vigile se met à scruter le contenu des caméras, avant de courir derrière les policiers.

— Du beau monde attend votre homme. Trois mecs dans une Mercedes noire sont planqués au niveau 2.

— Ça sent le grabuge. Merci pour l'info, on va être prudents.

À tâtons, ils se faufilent entre les véhi-cules. Ils aimeraient s'approcher très près pour entendre la conversation entre le vilain et les affreux. Eval sort des jumelles de son sac et immédiatement elle reconnaît les complices qu'elle a déjà aperçus très souvent avec lui.

— On dirait que le conciliabule est tendu.

— Ils se disputent. Dommage qu'ils soient trop nombreux, on ne peut pas intervenir maintenant. On se ferait massacrer.

— Oui, mais on peut observer, et ça a l'air de barder.

— Regarde, ils ont mis en joue le vilain.

— Oh là, là, ils vont le trucider.

Tout à coup, ils entendent plusieurs coups de feu. Les voyous sont en train de s'entre-tuer. Le vilain tombe. Les balles l'ont touché. Auparavant, il a tout de même réussi à descendre deux mecs.

— On y va dit Secret, on n'a plus qu'un gars debout.

Ils courent pour arriver à leur niveau.

— Police ! Levez les mains, vous êtes en état d'arrestation.

Surpris, le dernier escroc se retourne et tire sur les deux inspecteurs qui ont juste le temps d'esquiver les balles en se cachant derrière une voiture. Puis, il s'approche du vilain et l'achève avec une balle dans la tête avant de tourner les talons.

— Vise ses jambes, dit Eval. Ne le laisse pas se tirer.

— Yep, je l'ai touché. On y va.

— J'appelle du renfort et des ambulances.

— Eh les gars ! Je crois que vous êtes dans de sales draps, crie Secret en mettant en joue les rescapés, tandis qu'Eval leur passe les menottes aux poignets.

— Ne bougez pas, sinon je vous loge une balle dans la tête.

— J'ai mal, dit l'un d'eux. Je suis touché à l'épaule.

— Jouer au gangster quand on est juste un vaurien de quartier aboutit à ce résultat.

— Je ne suis pas un vaurien de quartier, je suis de la Grande.

— Ah tiens Eval ! on va pouvoir dire à nos collègues qu'on a coffré des canailles.

Un des leurs, qui a perdu du sang, semble évanoui. Ils n'ont plus qu'à attendre. Ils vont pouvoir cueillir tout ce petit monde. Belle pioche.

— Dommage, il ne pourra plus parler celui-là, dit Eval.

— Oui, mais on va charcuter les autres. Je pense que le vilain a cherché à les trahir. Nous en saurons plus dans quelques jours. En attendant, ils vont tous partir à l'hôpital. Ah bien, voilà déjà les ambulances !

— Le boulot est fini. On va pouvoir aller se reposer, souffle la jeune femme.

— Je peux venir avec toi ?

— Vous êtes aussi pourri que l'ancien maire Civil. Je ne sais pas ce qui me retient de ne pas vous faire coffrer tout de suite, crie le commissaire Recherche.

— Tout simplement parce que je n'ai tué personne et que je suis un honnête maire.

— Maire, oui, mais intègre, j'ai des doutes.

— Allons, Recherche, nous sommes de vieux amis et ce n'est pas cette histoire qui va nous séparer.

— Cette histoire, comme vous dites, a bouleversé le cours des événements. Si Max avait obtenu la gérance, Oscar serait peut-être encore en vie.

— Ou pas. Cesse de me vouvoyer, ça fait vingt ans qu'on se tutoie.

— Le vouvoiement est réservé aux per-sonnes que je n'apprécie pas.

— Qui est donc le meurtrier d'après toi ?

— On a de nouveaux éléments. L'ADN prélevé sur la pierre qui a frappé Oscar correspond à celui de Jéleu Ventreplein.

— Tu es un véritable cachottier. Je ne savais pas que l'arme du crime avait été trouvée.

— Oh ! Cela n'a pas été difficile. Le meurtrier a lancé la pierre dans le ravin derrière lui juste après avoir porté le coup. On y a trouvé ses empreintes digitales et du sang qui appartient au défunt. S'il passe aux aveux, nous en serons encore plus. Vous pouvez disposer monsieur le maire.

Recherche décide tout à coup de rendre une visite à Ventreplein afin de lui tirer les vers du nez. Une petite promenade dans les rues d'Ici jusque chez le suspect lui fera le plus grand bien. Ce commissariat, ses bruits et ses odeurs l'agacent quelquefois, surtout le soir. Marcher, respirer, voilà le bon cocktail pour se détendre. Il n'avait pas remarqué comme le ciel était beau avec ses zébrures orange et roses. *Je ne vois plus jamais le soleil, plus la nature ! Toute la journée à vérifier que les équipes ont bien rédigé les rapports et pris les dépositions nécessaires. M'apercevoir qu'ils n'ont pas fait la moitié du boulot. Enquêter, bouger, gérer, avoir des sensations fortes, j'aimais au début. Mais tout ça, je commence à en avoir assez. Et la retraite, ce n'est pas pour demain, avec l'âge de départ qui est repoussé. Quel métier pourrais-je exercer si je n'étais plus commissaire ? Ben aucun, je ne sais faire que ça. Je suis foutu. Si ! On pourrait, avec Marguerite, s'acheter une ferme avec des terres. On élèverait des poules et on ferait un potager. Oui, un changement radical de vie nous ferait du bien à tous les deux. J'en parlerai à Marguerite, elle peut être intéressée ! Ah, me voilà arrivé devant la demeure de Ventreplein. À moi de jouer !*

— Petite visite de courtoisie Jéleu. Je ne vous dérange pas au moins ?

— Si un peu, je vais bientôt partir au boulot. Vous pouvez revenir ?

— Vous m'avez affirmé lors de votre dernier interrogatoire que le soir de l'homicide, vous étiez sur votre lieu de travail ?

— Effectivement.

— Vos collègues ne vous ont pourtant pas vu.

— C'est normal, j'étais seul au taf ce soir-là, comme toutes les semaines d'ailleurs.

— Je vérifierai ça. Le soir du meurtre, vous êtes-vous disputés avec Oscar ?

— Avec moi non, mais avec sa femme, oui, ils se sont violemment querellés.

— Pourquoi ne pas me l'avoir déjà dit ?

— Cela arrivait souvent, une fois de plus ou de moins, ça ne change rien !

— Que se reprochaient-ils ?

— Un peu tout. Oscar réprimandait son épouse sur la gestion de la brasserie.

— Il était beaucoup plus dur à vivre que je ne l'aurais imaginé ce pauvre Oscar. Mme Ventrevide a-t-elle cherché à supprimer son mari ?

— Pas à ma connaissance.

— Une dernière question : faites-vous partie des héritiers d'Oscar ?

— Je ne sais pas, mais je crois qu'il m'avait couché sur son testament.

— Très bien Jéleu.

— Suis-je un potentiel suspect ?

— Comme les autres. Nous cherchons les preuves.

Le commissaire s'apprête à sortir du logement quand soudain une idée lui vient en tête.

— Vous m'avez dit que vos rapports avec Mme Ventrevide étaient cordiaux, mais que vous n'étiez pas amis. Pourtant des témoins vous ont souvent vus ensemble devant un café.

— Nous nous connaissons depuis très longtemps.

— Vous êtes donc complices.

— Complices ? On n'a pas commandité l'assassinat d'Oscar, ni l'un ni l'autre.

— Qu'en savez-vous pour elle ? Au revoir Jéleu. À demain, à partir de 6 heures !

— À demain à partir de 6 heures ? Que voulez-vous dire commissaire ?

— Ah, ah ! Je plaisante mon vieux. Détendez-vous, ça va bien se passer !

DES MÊMES AUTEURS

Les enquêtes du commissaire Recherche.
Le cadavre sans tête, BOD, 2022.